Le lendemain de Noël

Jennifer Howse

Weigl

Published by Weigl Educational Publishers Limited
6325 10th Street S.E.
Calgary, Alberta
T2H 2Z9

www.weigl.ca

Bibliothèque et Archives Canada - Données de Catalogage dans les publications

ISBN : 978-1-77071-395-6 (relié)

Imprimé aux États-Unis d'Amérique, à North Mankato, Minnesota
1 2 3 4 5 6 7 8 9 0   15 14 13 12 11

072011
WEP040711

Rédacteur : Josh Skapin
Conception : Terry Paulhus
Traduction : Tanjah Karvonen

Tous les efforts raisonnablement possibles ont été mis en œuvre pour déterminer la propriété du matériel protégé par les droits d'auteur et obtenir l'autorisation de le reproduire. N'hésitez pas à faire part à l'équipe de rédaction de toute erreur ou omission, ce qui permettra de corriger les futures éditions.

Weigl reconnaît que les Images Getty est son principal fournisseur de photos pour ce titre.
Bibliothèque et Archives Canada : page 11.

Dans notre travail d'édition nous recevons le soutien financier du gouvernement du Canada par l'entremise du Fonds du livre du Canada.

Table des matières

Qu'est-ce que c'est, le Lendemain de Noël ?

On célère le Lendemain de Noël le 26 décembre. C'est le jour après Noël. Plusieurs personnes qui travaillent ou qui sont aux études ont congé. On fait des activités comme le patin à glace, le magasinage ou bien on regarde les lumières de Noël. On en profite aussi pour visiter la famille et les amis le Lendemain de Noël.

L'histoire du Lendemain de Noël

Il y a des centaines d'années que les célébrations du Lendemain de Noël ont commencé. Les gens plaçaient des boîtes en métal à l'extérieur des églises. Il y avait une offrande à Saint Étienne à l'intérieur de chaque boîte. Saint Étienne est un symbole de sacrifice et de partage. C'était un saint qui aidait les gens dans le besoin. On appelle aussi le Lendemain de Noël le jour de Saint Étienne.

Le Lendemain de Noël en Grande-Bretagne

Le Lendemain de Noël a été nommé jour férié officiel en Grande-Bretagne en 1871. Le Canada était gouverné par la Grande-Bretagne en ce temps-là. Les Canadiens ont donc emprunté plusieurs traditions, telles le Lendemain de Noël, de la Grande-Bretagne.

9

Un jour férié officiel pour le Canada

En 1931, le Premier ministre Richard Bennett a fait du Lendemain de Noël un jour férié au Canada. Il voulait que les gens aient un jour de congé supplémentaire dans le temps de Noël.

Un jour férié officiel

Le Lendemain de Noël est un jour férié dans plusieurs provinces. Cela signifie que les gens peuvent prendre un congé payé ce jour-là. La plupart des écoles sont fermées aussi. Si le Lendemain de Noël tombe en fin de semaine, les gens peuvent prendre lundi de congé.

Des événements sportifs

Les gens pratiquent souvent **des sports d'extérieur** le Lendemain de Noël. Le hockey sur glace est un sport d'extérieur populaire. Des tournois de hockey se tiennent souvent le Lendemain de Noël. **Équipe Canada** joue au Championnat mondial de hockey junior le Lendemain de Noël.

Ah, le magasinage !

Plusieurs personnes au Canada profitent du Lendemain de Noël pour faire du magasinage. Les magasins offrent souvent des soldes spéciaux ce jour-là. Ils vendent leurs produits à rabais. Certains soldes qui commencent le Lendemain de Noël continuent toute la semaine.

vente

17

Un temps pour partager

En Angleterre, une tradition du Lendemain de Noël est d'aider les gens dans le besoin. Dans les années 1800, les églises gardaient des boîtes spéciales pour que les gens y mettent leurs dons d'argent. On ouvrait ces boîtes le 26 décembre. On donnait alors l'argent qui s'y trouvait aux gens dans le besoin.

Un échange de cadeaux

À une certaine période, les gens en Angleterre donnaient des boîtes à leurs employés le 26 décembre. Ces boîtes étaient remplies de cadeaux. On donnait aussi un jour de congé aux serviteurs pour qu'ils puissent apporter leur boîte à leur famille.

Les œuvres du Duc

La chanson 'Le Bon Roi Wenceslas' se réfère à Wenceslas, le Duc de Bohème. La chanson raconte que, le jour de la fête de Saint-Étienne, le Duc aida une personne dans le besoin. Il donna à l'homme assez de nourriture et de provisions pour durer le reste de l'hiver. La chanson parle de faire **la charité** et de faire **de bonnes œuvres** pour les autres ce jour-là.

Le Bon Roi Wenceslas

(Adaptation des trois premières strophes d'un Noël anglais <u>Good King Wenceslas</u>)

Un soir le bon roi Wenceslas vit par sa fenêtre

La neige épaisse et la glace dans le froid champêtre

La lune brillait à la Saint-Étienne

Et le froid manteau de neige luisait dans la plaine.

Il aperçu un pauvre homme affamé dans la grêle

Silhouette maigrichonne marchant dans la grêle

La lune brillait à la Saint-Étienne

Et le froid manteau de neige luisait dans la plaine.

Le roi s'enquit à son page « - Où est sa demeure ? »"

« - Là-bas près de la montagne, allons-y dans l'heure »

La lune brillait à la Saint-Étienne

Et le froid manteau de neige luisait dans la plaine...

Glossaire

de bonnes œuvres	la charité
Équipe Canada	des sports d'extérieur

Index